texte et illustrations Khoa Le

Ludo le Crado

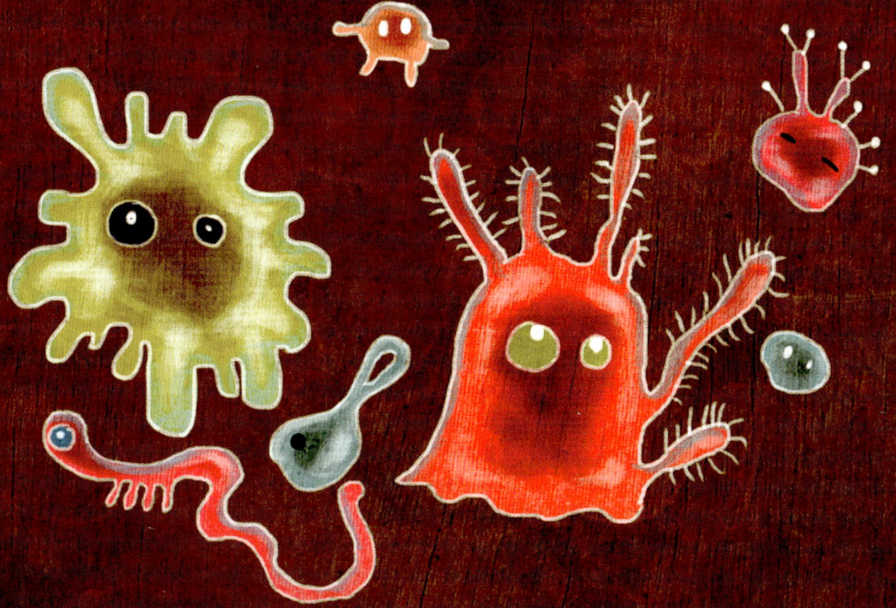

nuinui

Ludo le Crado détestait se laver.

Il adorait jouer toute la journée
dehors dans la boue.

Lorsqu'il rentrait chez lui
et que Maman lui lançait :
« Chéri, va prendre ta douche ! »

Il restait une seconde sous l'eau,
avant de se sauver.

« Trop froid ! Trop mouillé ! »
Il avait horreur de cela.

Jour après jour,
pendant l'été,
la saleté s'accumula.

Il commença à sentir horriblement mauvais.

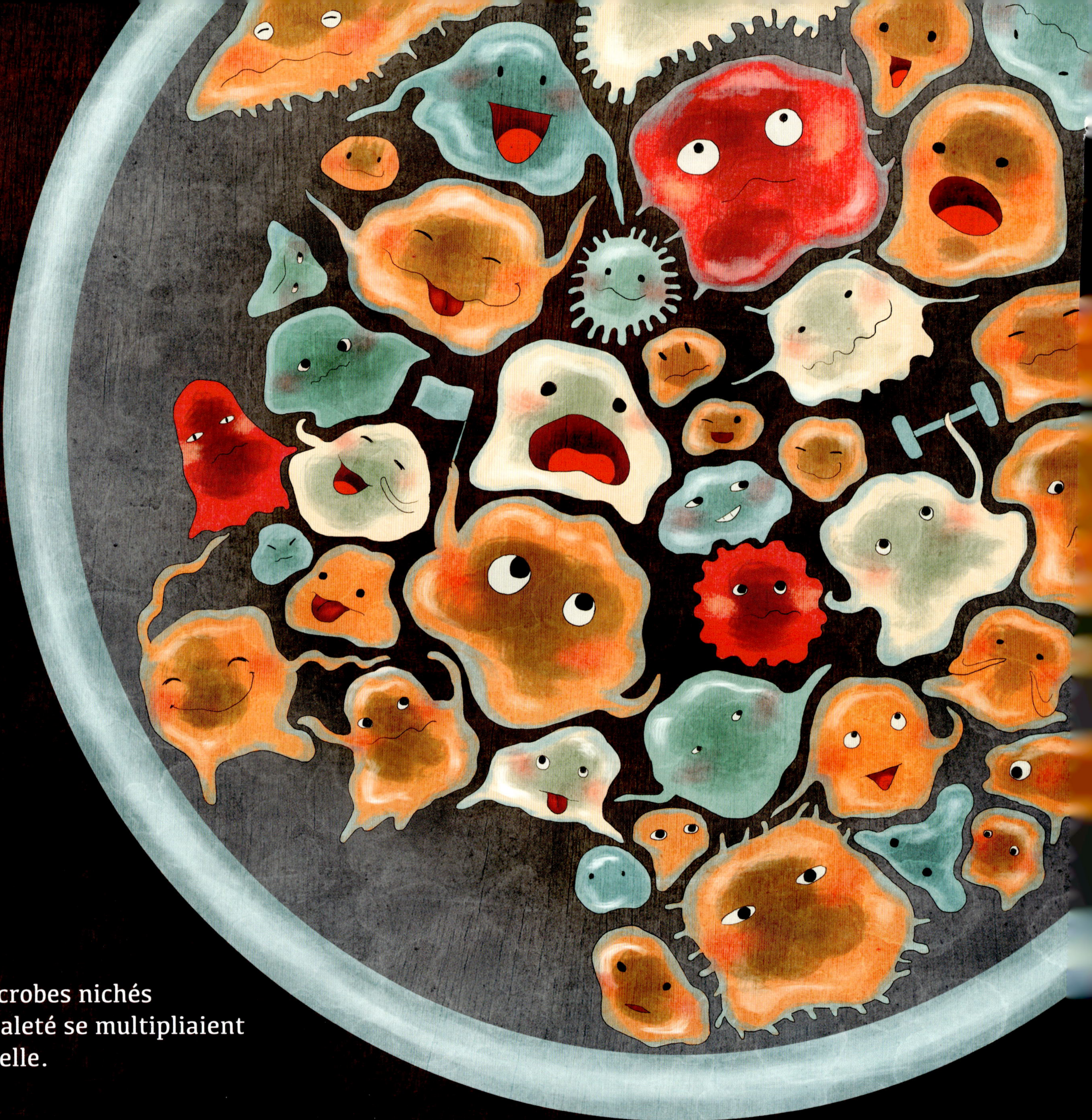

Et les microbes nichés
dans sa saleté se multipliaient
de plus belle.

Encore… encore…

et encore !

Ludo le Crado s'en fichait.
Jusqu'au jour où il eut envie
de se gratter.

Il se mit alors à se gratter…
sans plus pouvoir s’arrêter !

Bon sang ! Une multitude de microbes
jaillirent de son corps, si nombreux, et si gros !

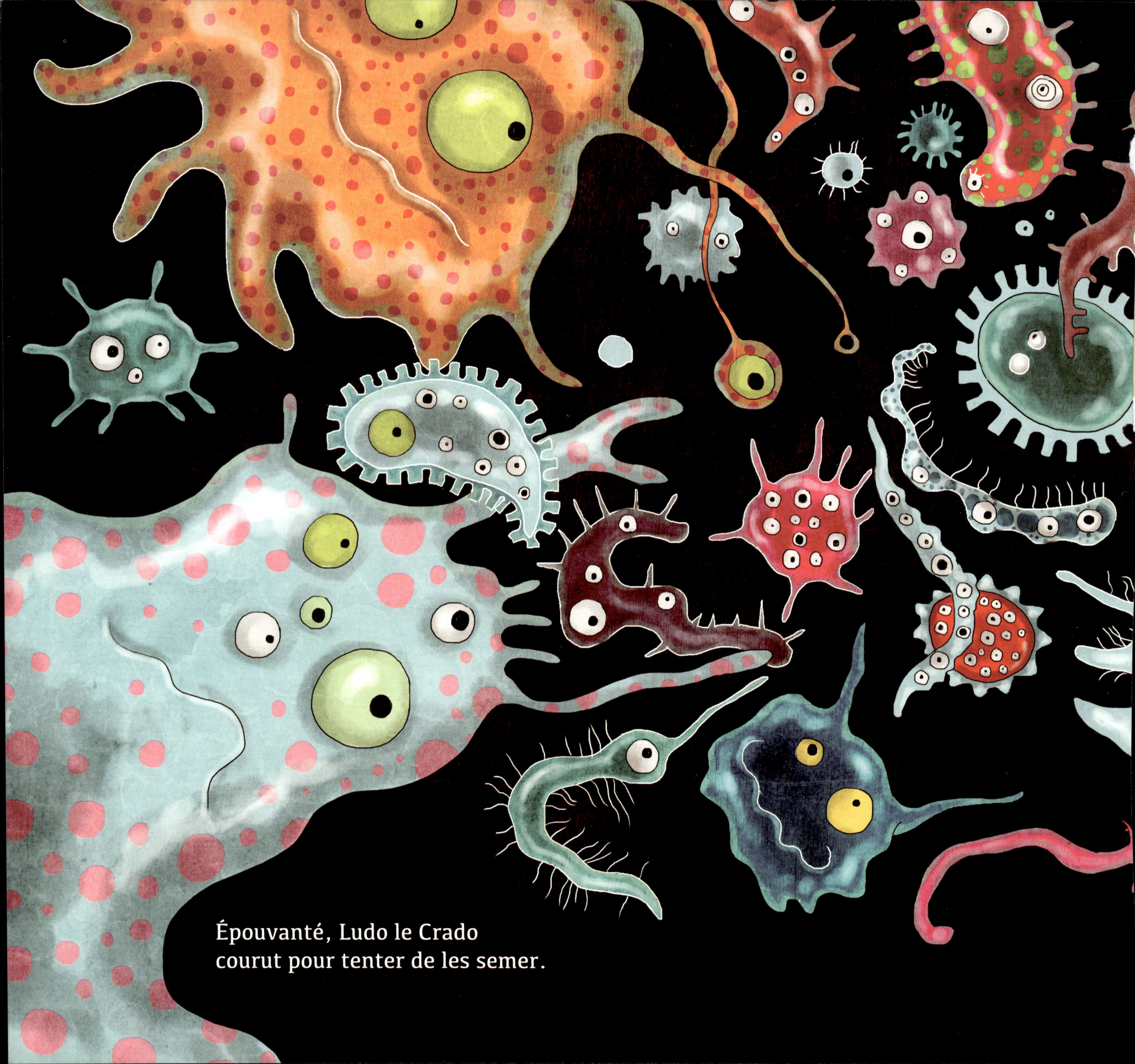

Épouvanté, Ludo le Crado
courut pour tenter de les semer.

« Rattrapons-le ! »

crièrent les microbes.

« Arrête, nous voulons juste être tes amis ! »

« Maman, au secours ! »
hurla Ludo le Crado en
se précipitant vers sa mère.

Elle lui fit couler un bon bain.
« Viens, mon chéri, les microbes
ont horreur des enfants propres ! »

Ludo le Crado sauta dans la baignoire.

Les microbes se dispersèrent en s'écriant :
« Oh non, il est trop propre !

Du savon, quelle horreur,
c'est dégoûtant ! »

Ludo le Crado n’aimait toujours pas être mouillé…
et propre !

Mais au moins, les microbes
n'avaient plus envie d'être
ses amis.
« À partir de maintenant, je
prendrai une douche tous les
jours, Maman, c'est promis ! »

Khoa Le

Illustratrice, graphiste, peintre et auteur free lance, Khoa Le est diplômée de la Fine Arts University d'Hô Chi Minh-Ville, où elle vit et travaille. Au Viêt-nam, elle a publié dix livres, dont quatre en tant qu'auteur, et illustré plusieurs ouvrages d'autres auteurs. Elle a déjà publié plusieurs contes pour enfants aux éditions nuinui.
Elle a en outre participé à de nombreuses expositions au Viêt-nam, en Malaisie, à Hongkong, à Singapour et en Corée.